3

AVIS AUX EXPLORATEURS DE DEMAIN !

On connait environ 700 espèces de dinosaures disparus.

Ce livre est basé sur des études scientifiques et sur des informations recueillies lors des expéditions sur le terrain et par les chercheurs en laboratoire. Nous espérons qu'il te donnera envie d'en apprendre encore plus sur les dinosaures et, qui sait, d'en découvrir de nouveaux un jour.

Les scientifiques qui étudient les dinosaures sont des paléontologues. Ils travaillent un peu comme des détectives. Ils examinent les traces laissées par les animaux disparus, comme des empreintes de pas, des dents, des os ou des coquilles fossilisés.

INSTRUCTIONS

DEVAR

Download on the App Store

GET IT ON Google Play

Utilise ce code QR pour :

- **télécharger l'appli DEVAR gratuite**
- **activer ton produit**

TU VEUX DÉCOUVRIR LA RÉALITÉ AUGMENTÉE ?

Quand tu vois ce logo, scanne l'image avec ton appli et plonge dans la réalité augmentée !

Compsognathus

Il y a 150 millions d'années

Info

CARTE D'IDENTITÉ

Quand a-t-il vécu ?
Il y a 150 millions d'années

Alimentation
Lézards

Signification de son nom
Mâchoire élégante

26 cm HAUTEUR

0,7-1,40 m LONGUEUR

3 kg POIDS

Les paléontologues n'ont que deux squelettes de *Compsognathus* à étudier, ainsi que quelques dents mises au jour au Portugal.

Ils ont longtemps cru que ce dinosaure avait deux doigts, mais le deuxième fossile, retrouvé en France, leur a permis de découvrir qu'il en avait trois.

Compsognathus avait 68 dents aiguisées et légèrement recourbées.

Où a eu lieu la première découverte ?
Bavière, au sud de l'Allemagne

Où vivait-il ?
Europe de l'Ouest

Au XIXe siècle, la découverte de *Compsognathus* a aidé les scientifiques à comprendre que les oiseaux descendaient des dinosaures.

Tyrannosaurus rex

Il y a 65 à 67 millions d'années

Tyrannosaurus rex

Il y a 67 à 65 millions d'années

Info

CARTE D'IDENTITÉ

Quand a-t-il vécu ?
Il y a 67 à 65 millions d'années

Alimentation
Surtout de jeunes dinosaures

Signification de son nom
Lézard tyran

4 m HAUTEUR

12 m LONGUEUR

6 tonnes POIDS

Quand les paléontologues ont étudié le crâne d'un *Tyrannosaurus rex*, ils ont découvert que ce dinosaure avait une excellente vision binoculaire et voyait exactement comme les humains ou les oiseaux de proie !

Où a eu lieu la première découverte ?
Faith, Dakota du Sud, États-Unis

Où vivait-il ?
Amérique du Nord-Ouest, Mongolie

Plus de trente squelettes de *T. rex* ont été mis au jour dans le monde. La plupart viennent de l'ouest des États-Unis (États du Montana, du Texas, du Wyoming et de l'Utah), mais quelques-uns ont aussi été retrouvés au Canada (États de l'Alberta et de la Saskatchewan) et en Mongolie.

Le célèbre personnage de bande dessinée et de film *Godzilla* a été inspiré par *Tyrannosaurus rex, Stegosaurus* et *Iguanodon*.

Triceratops

Il y a 67 à 65 millions d'années

Triceratops

Il y a 67 à 65 millions d'années

Info

CARTE D'IDENTITÉ

Quand a-t-il vécu ?
Il y a 67 à 65 millions d'années

Alimentation
Fougères, cycadophytes (plantes à cônes) et palmiers

Signification de son nom
Face à trois cornes

3 m HAUTEUR

9 m LONGUEUR

12 tonnes POIDS

Triceratops était un animal social. Les jeunes vivaient et voyageaient en groupes.

En 1986, un paléontologue américain, Robert Bakker, a découvert que les tricératops représentaient plus de 80 % de tous les grands dinosaures à la fin du Crétacé supérieur.

Info

Où a eu lieu la première découverte ?
Denver, Colorado, États-Unis

Où vivait-il ?
Colorado, Wyoming, Montana et Dakota du Sud, États-Unis. Alberta et Saskatchewan, Canada

Triceratops est le fossile officiel du Dakota du Sud et le dinosaure d'État du Wyoming.

Au XIXe siècle, Othniel Charles Marsh, un paléontologue, a découvert deux fragments de corne fossilisés. Il les a attribués à un bison préhistorique géant. En réalité, il avait découvert un nouveau dinosaure, qu'il a appelé *Triceratops*.

Allosaurus

Il y a 156 à 144 millions d'années

Info

CARTE D'IDENTITÉ

Quand a-t-il vécu ?
Il y a 156 à 144 millions d'années

Alimentation
Autres dinosaures et grands animaux

Signification de son nom
Lézard différent

4 m
HAUTEUR

8,50 m
LONGUEUR

2,3 tonnes
POIDS

En 1841, les paléontologues ont découvert 44 squelettes d'allosaurus dans l'Utah, aux États-Unis.

Un paléontologue de l'Ohio, Eric Snively, pense que les allosaures mangeaient de la même façon que les oiseaux de proie actuels, en rejetant leur tête vers l'arrière.

Info

Où a eu lieu la première découverte ?
Garden Park, Colorado, États-Unis

Un allosaurus surnommé « Big Al » a été retrouvé en piteux état dans le Wyoming. Il avait plusieurs vertèbres fracturées, des côtes fêlées, des blessures à la queue et aux bras et une infection au pied droit. Les scientifiques pensent que les fractures se sont produites lorsque l'animal est tombé sur le ventre en pleine course. Aïe !

L'oreille interne de ce dinosaure ressemble beaucoup à celle des crocodiles. Tout comme eux, il avait donc probablement du mal à entendre les hautes fréquences.

Spinosaurus

Il y a 95 à 70 millions d'années

Info CARTE D'IDENTITÉ

Quand a-t-il vécu ?
Il y a 95 à 70 millions d'années

Alimentation
Requins et gros poissons

Signification de son nom
Reptile à épines

5,60 m
HAUTEUR

18 m
LONGUEUR

8 tonnes
POIDS

Spinosaurus avait une crête sur le dos. Sa colonne vertébrale portait de grandes épines en os. Les scientifiques ne sont pas sûrs de l'utilité de cette crête. Elle permettait peut-être au dinosaure de contrôler la température de son corps. Quand il exposait sa crête au soleil, son sang se réchauffait peut-être plus vite que chez les autres reptiles à sang froid.

Info

Où a eu lieu la première découverte ?
Égypte

Où vivait-il ?
Égypte, Maroc

Le paléontologue Nizar Ibrahim et son équipe ont découvert des fossiles dans des falaises du désert du Sahara au Maroc. Le scientifique a compris qu'il avait trouvé un « dragon venu du fond des âges ». Ce monstre était un dinosaure carnivore plus grand que *Tyrannosaurus rex.* Il dominait une ancienne rivière peuplée de créatures gigantesques et se nourrissait d'animaux aquatiques. C'était un dinosaure hors du commun !

Sarcosuchus
Il y a 112 millions d'années

La « rivière des géants » coulait du Maroc vers l'Égypte et était entourée de forêts luxuriantes et de lacs. Elle abritait des animaux gigantesques. Des reptiles volants, les ptérosaures, peuplaient les cieux. C'était une période dangereuse. Si tu voyages un jour dans le temps, mieux vaut éviter de t'y rendre !

Brachiosaurus

Il y a 155 à 140 millions d'années

Info

CARTE D'IDENTITÉ

Quand a-t-il vécu ?
Il y a 155 à 140 millions d'années

Alimentation
Conifères, ginkgos et cycadophytes

Signification de son nom
Lézard à bras

32-37 tonnes
POIDS

13 m
HAUTEUR

25 m
LONGUEUR

Après la découverte de *Brachiosaurus* par Elmer Riggs en 1900, les paléontologues ont longtemps cru que ce dinosaure vivait dans l'eau, en marchant sur le fond des lacs et en laissant juste sa tête dépasser à la surface pour respirer.

Info

Où a eu lieu la première découverte ?
Colorado, États-Unis

Où vivait-il ?
Amérique du Nord, Tanzanie

Selon un article publié en 1951 par K. A. Kermack, aucune créature ne serait en mesure de respirer sous l'eau si ses poumons étaient immergés à plus de quelques mètres sous la surface. Les poumons de *Brachiosaurus* étant situés 6 mètres plus bas que sa tête, ce dinosaure aurait tout simplement étouffé. Les scientifiques ont donc changé d'avis et ont décidé qu'il vivait bien sur la terre ferme.

Utahraptor
Il y a 112 à 110 millions d'années

De manière générale, plus un animal était grand et lent et plus il vivait longtemps. Un brachiosaurus pouvait ainsi vivre cent ans !

Ankylosaurus

Il y a 74 à 67 millions d'années

Info

CARTE D'IDENTITÉ

Quand a-t-il vécu ?
Il y a 74 à 67 millions d'années

Alimentation
Feuilles et fruits à pulpe

Signification de son nom
Lézard rigide

1,20 m
HAUTEUR

10,70 m
LONGUEUR

4 tonnes
POIDS

Anguirus, le monstre cinématographique apparu pour la première fois dans le film *Le Retour de Godzilla* en 1955, a été inspiré par *Ankylosaurus*.

Ankylosaurus était presque entièrement recouvert d'une armure composée de protubérances et de plaques osseuses, les ostéodermes ou scutelles. On en trouve aussi chez les crocodiles, les tatous et certains lézards actuels.

Info

Où a eu lieu la première découverte ?
Vallée de la rivière Red Deer, Alberta, Canada

Où vivait-il ?
Wyoming, États-Unis.
Alberta et Saskatchewan, Canada

Le nom *Ankylosaurus*, qui signifie « lézard rigide », a été forgé en 1908 par un paléontologue américain, Barnum Brown.

Tyrannosaurus rex et *Ankylosaurus* ont vécu à la même époque. *Ankylosaurus* était un lourd dinosaure cuirassé dont la queue se terminait par une massue. Selon les estimations, la queue d'un grand ankylosaurus pouvait briser les os de *T. tex.*

Therizinosaurus

Il y a 74 à 70 millions d'années

Info

CARTE D'IDENTITÉ

Quand a-t-il vécu ?
Il y a 74 à 70 millions d'années

Alimentation
Arbustes, feuilles, écorces et autres végétaux

Signification de son nom
Lézard à faux

Sais-tu que *Therizinosaurus* avait probablement les plus longues griffes de tous les animaux ? Elles mesuraient plus d'un demi-mètre de long !

Même s'il était herbivore, *Therizinosaurus* appartenait à une famille de dinosaures appelés les théropodes, dont la plupart étaient carnivores.

5 m
HAUTEUR

10 m
LONGUEUR

3-7 tonnes
POIDS

Où a eu lieu la première découverte ?
Désert de Gobi, Mongolie

Où vivait-il ?
Chine, Mongolie, Russie

Tarbosaurus
Il y a 70 à 65 millions d'années

Les paléontologues ont tendance à penser que *Therizinosaurus* était herbivore et qu'il utilisait ses griffes pour plier les branches des arbres vers lui. Aucun crâne n'a encore été retrouvé, mais les dinosaures les plus proches avaient de petites dents en forme de feuille idéales pour mâcher les végétaux.

Rhamphorhynchus

Il y a 150 à 148 millions d'années

Info

CARTE D'IDENTITÉ

Quand a-t-il vécu ?
Il y a 150 à 148 millions d'années

Alimentation
Poissons et autres créatures marines

Signification de son nom
Museau à bec

1,20 m HAUTEUR

1 m ENVERGURE

3 tonnes POIDS

Le premier fossile de *Rhamphorhynchus* a été retrouvé très tôt dans l'histoire de la paléontologie. Il a donc donné son nom à toute une classe de ptérosaures. *Dorygnathus, Dimorphodon* et *Peteinosaurus* sont les Rhamphorhynchidae les plus célèbres.

Info

Où a eu lieu la première découverte ?
Allemagne

Où vivait-il ?
Angleterre, Espagne, Allemagne, Tanzanie

Rhamphorhynchus faisait presque un mètre d'envergure !

Supersaurus

Il y a 154 à 142 millions d'années

Info

CARTE D'IDENTITÉ

Quand a-t-il vécu ?
Il y a 154 à 142 millions d'années

Alimentation
Plantes

Signification de son nom
Super lézard

9,80 m
HAUTEUR

35 m
LONGUEUR

40 tonnes
POIDS

Les pattes avant de *Supersaurus* étaient plus courtes que ses pattes arrière et il avait cinq doigts par pied.

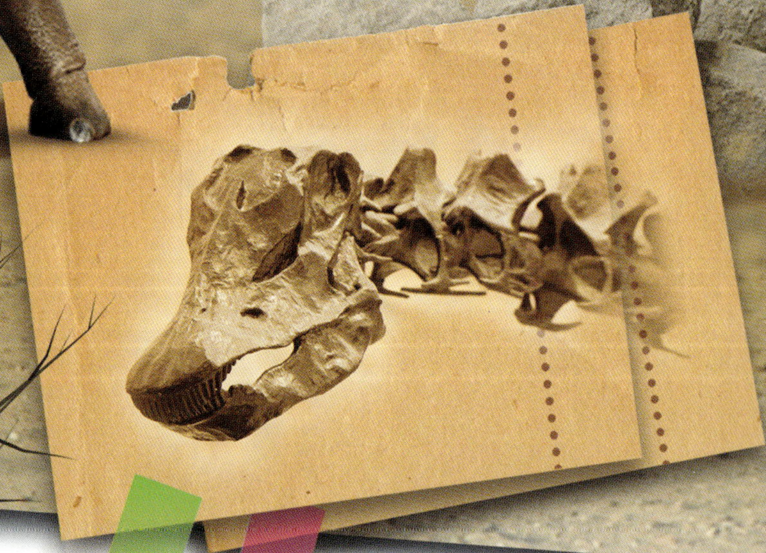

Info

Où a eu lieu la première découverte ?
Colorado, États-Unis

Où vivait-il ?
Colorado et Wyoming, États-Unis

Les paléontologues pensent que *Supersaurus* ne pouvait pas lever la tête et gardait le cou parallèle au sol. Ils estiment que le sang n'aurait pas pu remonter le long du cou si l'animal avait levé haut la tête.

Les scientifiques ne savent pas si *Supersaurus* avait des prédateurs. En effet, il était vraiment énorme et se déplaçait généralement en troupeaux.

Le cou de *Supersaurus* pouvait frôler les 12 mètres de long.

Archaeopteryx

Il y a 147 millions d'années

Info

CARTE D'IDENTITÉ

Quand a-t-il vécu ?
Il y a 147 millions d'années

Alimentation
Petits reptiles, amphibiens, mammifères et insectes

Signification de son nom
Aile ancienne

30 cm
HAUTEUR

65 cm
LONGUEUR

300-500 g
POIDS

Info

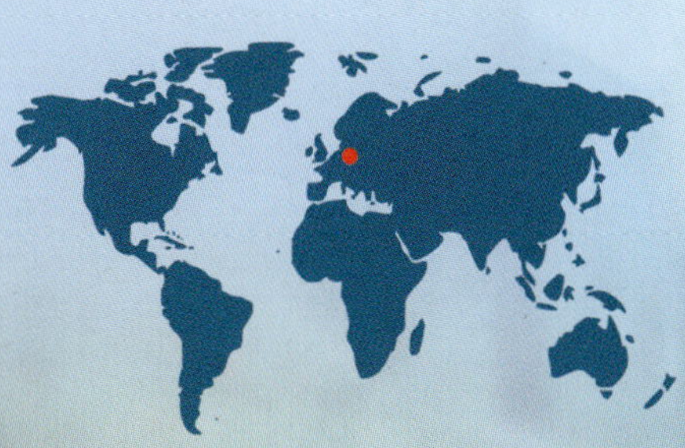

Où a eu lieu la première découverte ?
Langenaltheim, Allemagne

Où vivait-il ?
Allemagne

Archaeopteryx a été le tout premier dinosaure à plumes retrouvé. Dans les années 1860, sa découverte a provoqué beaucoup de confusion. L'animal présentait l'apparence d'un dinosaure, mais il portait des plumes comme un oiseau.

Les scientifiques débattent encore aujourd'hui pour savoir si *Archaeopteryx* pouvait voler ou non.

L'alimentation d'*Archaeopteryx* reste un mystère. On pense qu'il se nourrissait de petits reptiles, d'amphibiens, de mammifères et d'insectes.

Compsognathus
Il y a 145 à 140 millions d'années

POURQUOI LES DINOSAURES ONT-ILS DISPARU ?

Il y a bien longtemps, les dinosaures régnaient sur la Terre. Mais, il y a environ 65 millions d'années, ils ont tous disparu.
De nombreuses théories ont essayé d'expliquer ce phénomène et les scientifiques en débattent encore aujourd'hui. Selon des études récentes, les dinosaures étaient déjà au bord de l'extinction à la fin du Crétacé. Ils avaient du mal à s'adapter à l'évolution du climat. En outre, de nouvelles espèces, comme les oiseaux et les mammifères, avaient commencé à apparaître et à se multiplier. Les dinosaures étaient donc peut-être déjà condamnés.

L'IMPACT D'UNE MÉTÉORITE : LA THÉORIE LA PLUS CONNUE

De nombreuses personnes pensent que la « grande extinction » des dinosaures a été provoquée par la chute d'une énorme météorite au Mexique. Le choc aurait soulevé tellement de poussière que le ciel aurait été obscurci pendant une longue période. Les plantes auraient arrêté de pousser et les dinosaures seraient morts de faim.

DES INSECTES GLOUTONS

Selon une autre théorie, l'extinction des dinosaures aurait été provoquée par... des chenilles d'insectes trop gourmandes ! Elles auraient mangé tous les végétaux, privant ainsi les dinosaures herbivores de nourriture. Les reptiles carnivores seraient morts de faim à leur tour. Les oiseaux et les mammifères mangeurs d'insectes, toutefois, ont survécu.

DES CARNIVORES VORACES

Certains scientifiques pensent que les dinosaures pourraient avoir été anéantis par les premiers mammifères carnivores, qui auraient tué les bébés dinosaures et détruit les œufs.

DES ÉRUPTIONS VOLCANIQUES

Mais il est aussi possible que l'extinction des dinosaures ait été provoquée par de terribles éruptions volcaniques. Des nuages de cendres et de fortes émissions de dioxyde de carbone auraient modifié la composition de l'atmosphère, rendu l'air irrespirable et provoqué le refroidissement de la planète tout entière.